中國書店藏版古籍叢刊

辛酉雜纂

金鉞　著

中國書店

據中國書店藏版整理
壬辰年夏月重印

出版説明

《辛酉雜纂》四卷，金鉞著。

金鉞（一八九二—一九七二），字浚宣，號屏廬，天津人。監生出身，任過清政府民政部員外郎。辛亥革命後，隱居故里，除擔任天津修志局編修外，再無公職，將全部精力用於著述、刻書。平日常與章鈺、嚴修、趙元禮、王守恂、高凌雯等名士有詩文往還。書工八分，善畫墨竹，喜歡搜羅舊籍，究心鄉邦文獻。著有《戊午吟草》、《辛酉雜纂》、《屏廬文稿》和《屏廬題畫》等，并編輯、刊刻了《天津金氏家集》、《許學四種》、《天津詩人小集》、《屏廬叢刻》、《天津文鈔》等著作。

身爲津門出版大家，金鉞編纂、刻印的書籍主要包括兩大類。一類是編刻自己及金氏先人詩文集，如《辛酉雜纂》、《屏廬文稿》、《天津金氏家集》等；一類是鄉邦文獻，如《天津文鈔》、《天津詩人小集》（十二種）及《屏廬叢刻》（十五種）等，網羅了王又樸、查爲仁、查禮、梅成棟、楊光儀、徐士鑾等天津文人的著作。高凌雯在《志余隨筆》中描述說：「天津有藏書之家，無刻書之人，近惟浚宣喜爲此。網羅舊籍，日事鉛槧，十余年來未嘗有閑。由其先人撰述，推及鄉人著作，已刊行二十余種」。

《辛酉雜纂》一書，包括《漫簡》二卷、《屏廬臆説》一卷、《偶語百聯》一卷，民國時期金鉞自刊。書前有同里徐兆光所作總序一篇，稱該書「雖所論不一，要皆身心義理之學、讀書所得之語」。《漫簡》首有王守恂序，後有金鉞自跋，書中内容集中反映了金氏平日所思所想。《屏廬臆説》首有王守恂題詞，交待成書緣起，正文共十五篇，後附金氏「名物」、「趣舍」二篇近作；《偶語百聯》首有章鈺序及金鉞識語，後有自記，書中爲作者平日所作偶語。

此次中國書店刊行的《辛酉雜纂》，據民國金氏刻版原版刷印。該書每半頁八行，每行十七字，白口、單魚尾，四周雙欄，雕工精良。由於年代久遠，原版偶有殘損，刷印時特參照原書對殘損之頁進行了必要補配，以保持完整。中國書店在整理出版《中國書店藏版古籍叢刊》時，將此書收錄其中，不僅爲學術研究、古籍文獻整理做出了積極貢獻，也爲線裝古籍的收藏者提供了一部珍稀版本。

中國書店出版社

壬辰年春

辛酉雜箸序

金君浚宣吾律之好學深思澹泊而寍靜者也余與君初不相識辛酉秋宿儒王仁安先生以其詩文集見贈讀其序乃知君名仁安集固君爲刊行者於是敬君之行高君之義而猶未識君之面也丙寅夏四月余爲仁安文集跋不過自道其敬慕之忱非敢謂有當於知人論世也一日過仁安先生先生告余曰君所爲余文跋浚宣見而善之歎爲知言擬刊入集中以眎學者且詳詢君之爲人及里居具以告盍過談焉余曰若是則小子之名附驥尾而彰矣其如文之陋甚何隨以君所詢仁安先生者轉而詢之先生亦以告閱數日余乃訪君覿面之餘望而知爲粹然學者也因各道其相慕之意不禁恨相見之晚及詢君之年知少余八載時年猶未四十也

余以是益服君悟道之早而深媿己之弗如矣君負性孤耿喜清淨不汲汲於名利屏居一室日惟專其志於古文詩詞金石書畫而研精經傳泛濫百家尤不遺餘力且以鄉先達著作宏富而剞劂者少懼久而湮沒乃擇有裨人心世道及有關鄉邦文獻者刊行多種以資表章而廣流傳君之有功鄉賢固何如耶有功士林又何如耶可敬也已余遂不

時過從討論文字藉獲切劘之效君藏書甚富閒嘗借觀並承贈以所刻數種益我良多其辛酉雜篹展而讀之知爲君手作之書是書分類爲三曰漫筆曰屏廬肊說曰偶語百聯雖所論不一要皆身心義理之學讀書有得之語推而行之可以納民於軌物豈特如君之所云藏之篋衍用自展玩已哉然非好學深思澹泊寍靜者烏能道其萬一耶君之

辛酉雜箋由今溯之當在七年之前而見道已如此之眞襟懷已如此之曠況今日之君耶其學問之宏道德之高自必有與年俱進者可斷言也余孤陋寡聞學業不進恆思博交海內之士以輔翼之然自奔走衣食以來閱人多矣世祿之家鮮克由禮少壯之士率逞才華求一好學孜孜而不已者往往不可卒得矧富而好禮樂道知命者哉於是益歎

君之行詣爲難也君生長華腴年事方強獨毅然屛除世俗之見絕迹利祿之途而於聖賢經傳既無所不窺於古今成敗復洞見本源此豈無得而然哉蓋其天資之敏學力之純而宅心之靜也固已久矣大學曰定而後能靜靜而後能安諸葛公曰非澹泊無以明志非寍靜無以致遠蘇明允曰惟天下之靜者乃能見微而知著君其可以當之矣君名

其居曰屏廬於其名而從可知其志聽其言而益信其行也方今大亂未已民困日深推厥厲階罔不由越分喪眞逆理者之所致得君各安本分各遂天眞只求順理不求順心之言由一人而推之人人由一鄉而推之一國其或可以已亂也歟余讀君文既竟中有所感爰將與君相知之由及私衷拳拳之誠筆而書之君其以爲何如並質之仁安先生以爲何如也丁卯夏六月二十六日同里徐兆光謹識

漫簡

辛酉秋月

金鉞題

漫簡序

天地閒一積理之區也讀一書見一人鑒一物臨一事聞一言莫不有理在也惟靜者能得之浚宣屏居一室靜之至矣近成漫簡一書蓋即筆記類也是讀一書見一人鑒一物臨一事聞一言所得之理有益於己故筆之於書更思有益於人也余近有筆記之刻浚宣書中有云一人有一人之地位一人有一人之事業茫茫宇宙種種萬端本非一人之材所能盡而人各有能有不能只宜自安本分各遂天眞憂其所憂樂其所樂羨人不如修己強同不如各異也浚宣之言如是置之於余所刻筆記中如出自一人可知吾兩人心性有相同者出於自然未可強也惟是余年如浚宣時方務聲華逞才調於身心理義初未相涉也年過五十方悔從前之失讀書

應事有時筆之於書漸漸有可存之語其歷時也久其取徑也迂如浚宣一涉世途便能高蹈其天資卓絕更以學力深之是豈常人所能望哉尚期持之以久優游以涵育之不可厭其已得則別求之高遠也辛酉七月天津王守恂

漫簡上

天津金鉞

辛酉孟春訂一素册置之案頭心有所感隨筆記之然必發乎其所不得不發者再記過而存之以見性耳不必務多不必勞心全無體例氏之曰漫簡緣起之日正月十三也

文章之法吾有取於二書焉一曰孟子一曰史記孟子論道之文也其文昌明而博大史記記事之文也其文曲微而盡致吾於文法將終身守此二書如優游於崑崙之頂黃河之源舉天下之名勝要皆出乎於其間不必耳之所聞目之所見足之所至已覺無憾於心無愧於色而可以盡天下之大觀矣

彭雪琴詩云欲除煩惱須無我歷盡艱難好作人上句與蘇東坡詩不識廬山眞面目都緣身在此山中同一用意深可玩味

近得家芥舟公畫山水小幅自題詩云秋來山骨愈崚嶒透石長松絡瘦藤鷗鳥不來波似鏡此心寒比玉壺冰公晚年益孤高淨冷於此可見

國朝以隸書名家學才識兼備能薈萃衆長而自立門戶者鄧頑伯一人而已朱竹垞純以韻勝確爲逸品庶足與頑伯分道揚鑣桂未谷伊墨卿學力有餘才識不足鄭谷口金冬心才識有餘學力不足餘子碌碌莫足多也間有欲表表自見者大都非入于奇怪即流于輕佻矣

鄧石如隸書用筆取法于秦篆神韻取法于兩漢結體取法于晉魏眞綜合衆美以詣其極也

語云大丈夫能屈能伸夫應屈時不能忍而屈之固非應伸時不能展而伸之亦同一謬

也伸屈合度强弱制宜明體達用殆其幾乎

王夢樓跋宋張樗寮寫華嚴經墨蹟內一僞頁云（墨蹟舊藏匋齋）此與前數頁筆力不同乃贋書闌入非樗寮眞蹟也樗寮書非樗寮也晉唐諸名家皆赴其腕下以成其書也此贋本則惟樗寮而已非眞知書者不能參破此中三昧及余拈出則又有目共覩矣按辨別古人墨蹟皆可於此論參之自然一望而知百不失一蓋貴得其神韻不必於迹象求之也至若審察紙色墨色印章裱工等事乃賈人之下技於此中論眞僞則失之遠矣

無錫周氏藏王艮常楷書論書賸語册錄其語于下　古人學書皆有師傳密相指授余學之五十餘年不過師心探索然古人之指可得而窺又年來縱意模古心所通會往往條疏紙尾檢合者爲一卷期以就正有道云

爾　執筆欲死運筆欲活指欲死腕欲活五指相次如螺之旋緊捻密持不通一縫則五指死而臂斯活管欲碎而筆乃勁矣　作蠅頭書須平懸肘高提筆乃能寬展適意字漸大則手須漸低若至擘窠大書則須是五指緊撮筆頭手低而臂乃高然後腕力沈勁指揮如意若執筆一高則運腕無力作書不浮滑更拖沓　學歐須懸腕學褚須懸肘學

顔須內鈎學柳須外捩　以上執筆　世人多以捻筆端正爲中鋒此柳誠懸所謂筆正非中鋒也中鋒者謂運鋒在筆畫之中平側偃仰惟意所使及其既定也端若引繩如此則筆鋒不倚上下不偏左右乃能八面出鋒筆至八面出鋒斯施無不當矣至以禿穎爲中鋒只好隔壁聽　如錐畫沙如印印泥世以此語舉似沈著非也此正中鋒之謂解者以

此悟中鋒則思過半矣　筆折乃圓圓乃勁勁如鐵軟如綿須知不是兩語圓中規方中矩須知不是兩筆使盡氣力至於沈勁入骨筆乃能和則不剛不柔變化斯出故知和者沈勁之至非軟緩之謂變化者和適之至非縱逸之謂　結體欲緊用筆欲寬一頓一挫能取能舍有何不到古人處　素玉云一字有一字精神會者解得　古釵腳不如屋

漏文屋漏痕不如百歲古藤以其漸近自然顏魯公古釵腳屋漏痕只是自然董文敏謂是藏鋒但好隔壁聽耳　釵腳漏痕之妙從生入從熟出　束騰天潛淵之勢於豪忽之間乃能縱橫瀟灑不主故常自成變化然正須筆筆從規矩中出深謹之至奇蕩自生故知奇正兩端寔惟一局　以正爲奇故無奇不法以收爲縱故無縱不捡以虛爲實故

斷處皆連以背爲向故連處皆斷學至連處皆斷正正奇奇無妙不臻矣　以拔山舉鼎之力爲舞女插花乃道得個和字杜元凱言優而柔之使自求之厭而飫之使自趨之若江海之浸膏澤之潤渙然冰釋怡然順理到此乃是和處　能用拙乃得巧能用柔乃得剛　用筆沈勁姿態乃出　須是字外有筆大力迴旋空際盤繞如游絲如飛龍突然一

落去來無迹斯能於字外出力而向背往來不可得其端倪矣　隔筆取勢空際用筆此不傳之妙　南唐後主撥鐙法解者殊尠所謂撥鐙者逆筆也筆尖向裏則全勢皆逆無浮滑之病矣學者試以撥鐙火可悟其法工妙之至至於如不能工方入神解此元常之所以勝右軍魏晉之所以勝唐宋也　以上運筆

結字須令整齊中有參差方免字如

算子之病逐字排比千體一同便不復成書

作字不可豫立間架長短大小字各有體因其體勢之自然與爲消息所以能盡百物之情狀而與天地之化相肖有意整齊與有意變化皆是一方死法　純肉無骨女子之書能者矯之而過至於枯朽骨立一行屍耳不欲爲行屍惟學乃免　有意求變卽不能變旣不能變魏晉名家無不各有法外巧妙

惟其無心於變也唐人各自立家皆欲打破右軍鐵圍然規格方整轉不能變此有心無心之別也然欲自然先須有意所謂楚則失矣齊亦未爲得也古人書尟有不具姿態者雖陗勁如率更遒古如魯公要其風度正自和明悅暢一涉枯朽則筋骨雖具精神亡矣作字如人然筋骨血肉精神氣脉八者備而後可以爲人　始於方整終於變化積習久

之自有會通處故求魏晉之變化正須從唐始以上結字

李文石舊學盦筆記載嘗見桂未谷自撰楹聯云願與不解周旋人飲酒難爲未識姓名者作書屬吳穀人祭酒書之此聯洗盡酬應俗塵樸質澹宕先得我心

偶見阮文達手札一通內言小學數語持論甚允節錄於下伏讀教言讀書當見其大不

必批駁古人一字一句以爲得意此誠名言也今之言學者矢口卽稱許鄭以爲專家之學要知許鄭二家已不可强同鄭氏周禮注引說文解字者二處而五經異義大相駁難大約宋學誠不足爲學漢學誠當尊尙而漢學之中仍當擇善而從以求至是也宋人以灑埽應對爲小學固非然六書九數小學治經之門戶終身以書數爲事是亦王侯第宅

中老闍人耳安論升堂入室哉鄙言無狀如此幸勿爲外人道也

予齋所藏吾鄉沈文和公封翁存圃先生峻手書詩册錄之於下

和韓桂舲觀察題廉州清樂軒長春亭詩韻軒爲東坡先生遊蹟

云神仙巨鰲背可望不可住惟有慧業人自得棲止處坡公寄瘴海汎若水中鳧金丹思無邪納新而吐故偶和淵明詩嬾作子山賦有軒復有亭勝境足馳慕遙岑送斜照敧岸卧枯樹違士貴聞道盜計齒髮暮揮手謝孤雲重待金焦渡末句謂坡公北旋

石泉含古音小憩蔭清樾幽人愛恬曠汎埽無時歇攀巢俯蒙茸不畏蜮蜃窟寸心湛虛明雲煙坐超忽名卿有佳句一一寫斷碣淋漓抱元氣豈復判存歿誦詩如披圖神遊殘夢兀臺空野卉飛天遠春潮汨杖履未獲陪聊以誌歲月

登粤秀山

鎭海樓云飛閣高攀百尺梯俛看殘雨貫虹霓寒潮直下三門白（紅門庄門虎門）登嶂平連八桂低樹杪危檣排陣馬煙中鱗屋亂鳴鷄憑欄莫歎長安遠一髮天圍卧佛西　淸遠峽云一片空青尺五天西湖靈鷲鬬淸妍亂泉噴雪通香閣叢竹敲風拂釣船造物不容人快活（東坡語時以事未得暢遊）好山偏與夢纒綿滄江秋老登高罷又采黃花破醉禪　九日靖海門外

登舟作云久客不知節重陽且泛舟遠天青欲墮疎樹澹宜秋小住江邊市長懷花外樓五年虛采菊况乃望幷州（時將有遠行）　九江待渡云遠水碧於天征途直似弦且停孤客騎又上九江船野屋寒雲重高城夕照偏應憐彭澤令老去未歸田　鹿邑道中云獨樹如人立羣山挾雨來蒼然秋色斷忽見戍樓開驛路稀芳草鄉心對落梅西征慙賦手錦軸

未須裁　旅次睢州云冰結黃河捲朔風天
圍白屋走飛蓬眠宜糞火柴煙畔愁掛鞭絲
帽影中老眼繙書多惝怳枯腸得酒尙玲瓏
眞源戰壘休相問惆悵當年瓠子宮　西行
雜感四首之二云太華西來翠浪過亂峰高處見
黃河雲霾荒堡歸人少風逆征鴻落渚多身
健卻逢憂患日秋悲況奈別離何音書寥寂
年光晚剩有豪情對叵羅　崆峒文教未應

殊歷盡流沙萬里塗出穴燈明搖斷壁雪林
風急墮棲烏邑多舊識頻投轄天憫羈人減
凍膚記取幅員踰月窟蘭州今日是中都
乾州云問俗過關隴雄風見雍梁塵中時唱
粥屋上盡騎羊渠涸銷雲雨碑殘識漢唐輓
輸詢父老捷奏入青羌征金川兵凱旋　涇州云濁
水咽還流行人古渡頭沙平環地盡山斷逐
雲浮春蚤多歸雁農閒且放牛分甘懷杜叟

崖窰尙堪求　過車道嶺云磴道盤雲上霜
風拂面寒由來爲客苦敢謂此行難側足臨
千仞警心想六盤山名在隆德縣危亭思小憩北望
是長安　次平番縣云林閒出女墻雲水壓
殊方蕃馬嚙寒草邊人眠夕陽櫨梨盌問價
村落儼成行五郡推饒富天威震羯羌　自
水泉至定羌道中作云峽路千盤上眞疑出
地高雪峰春不到沙積馬偏勞邊樹無啼鳥

荒村有濁醪玉關何處是低首看青袍　肅
州云飽經行路不知難荒阜寒沙迴鬱盤豈
有花門馳騾裹尙餘羌羯拜衣冠五凉往事
悲張呂諸將威名越范韓設險當年資廟略
東封何用請泥丸　達爾圖郎玉門縣云天圍四
野碧彎環如蟻行人磧上還斜日半沈啼鳥
去黃雲飛度玉門關　安西至哈密郎目云
日落天無影風來地有聲白沙晴不夜碧樹

遠逾平名己題槐國人應住管城他年問歸
路吟卷郎郵程　抵迪化作即烏魯木齊云尋河
直到大荒流禹畫何能盡九州瀚海幾程常
載水龍沙四月尚披裘山圍戍卒羈臣夢天
送風戈露雉秋聖世籌邊逾漢代漫誇定遠
覓封侯　南北東西總一天敢云雨露受恩
偏難期絳縣升朝日余以甲子生恰似蘭亭修禊
年歲在癸丑晚節縱全身老矣故鄉何在夢依然

平生好事躭吟咏留寫輪臺紀勝編　送明
節使赴庫屯云上將宣威擁節旄前驅按隊
肅弓刀天連雪嶺無迴鴈地控蕃城盡獻醪
持斧曾巡三輔近籌邊新築萬屯高不才敢
作西園客論蜀文慙拂彩毫　塞外送王九
亭司馬歸江南云陰山積雪光周遭柳絲含
凍垂長綠邊庭二月風如刀吹裂征人狐貉
袍我友此時歸江皋特降温旨恩先叨縶駒

未得心忉忉河梁執手傾春醪君勉行矣勿鬱陶年逾服政猶未髦歸埽三徑誅蓬蒿大江諸山如奔濤憑几一覽窮秋豪酒酣振袂登金鼇或携茶具依漁舠名章絡繹凌風騷流傳京國驚詞曹拔劍斫地休無憀干將在匣光宜韜令聞豈必勛名標張弛弗滯我所操聖心求士紆旌旄草莽還許陳芻蕘東山再起義莫逃仰視白日蒼天高

橋灣早發（距布隆吉百餘里）云煙林齊似堞沙路軟於棉車馬三更發闕河萬里懸微生虛荷戟寬典竟歸田差向山村過知爲處士憐

峽石驛云高山誰設險屏障古河湟峽束風雲氣天橫戰伐場驚麏時出沒亂石半青蒼落日靈祠暮依稀辨定羌（峽中有定羌廟）

涼州云萬峰晴雪照天都形勢居然壯版圖東接臨洮煙樹合西瞻銀夏水雲孤羌兒織罽千絲網豪客徵歌

百琲珠兩度尋春春不見蒲桃酒盡杏花無

皋蘭道中云入塞風光好歸心漸覺寬塵消天地出春老雪霜乾歎歲人多徙軍需力恐殫百壺惟覓醉夢已到長安　自中衛至宣和堡有懷雨樵云鳴沙城外濁流狂西接銀川勢渺茫驛路不隨芳草斷離心翻覺暮天長馬前得句三邊月酒後懷人兩鬢霜同是歸途君更樂藕花香裏泛漁航　榆林云沙磧摩天望漸低蠮螉塞北晉雲西馬經廢堡嘶空壯人蹈荒岡徑屢迷澗道時聞驚瀨響深林絕少慧禽啼榆關老去鄉心切賴有衙盃醉似泥　吳堡渡河云彭城風雨記當年（丁未徐州渡河）白髮還鄉又喚船河勢中分秦晉界山光遙入蔚藍天岸花攬客飛仍墜新月如人缺未圓欲訪潛夫何處所亂鴉啼破綠楊煙　汾州作云太行晴色照汾河簫鼓樓

船漢帝過寶鼎已沈雲氣散竹宮猶峙夜光
多虛傳醽醁邀詞客那得夫容引曼歌一片
銀蟾千樹柳煩君相送到滹沱 清源屬徐溝縣
云歸路趨三晉嚴裝已十旬投村童肅客卷
幔月窺人井邑烟相接桑麻綠自匀喜逢唐
魏俗未忍說風塵 文水縣云綠樹圍村一
水環曉來清氣浥塵顏南風一縣葡萄熟羨
爾長依供奉班 入井陘界云萬點蒼山近

草廬炎風烈日尚驅車故闕一路槐花落席
帽如今懶上書 保定寓舍云鄉近山川是
朋來笑語眞誰知天外客還作夢中身時以事羈
留餘月風助秋宵熱兒甘旅次貧大兒來省視買舟
明日返煙浪接三津 自跋云蕙墅孝廉以
素册屬書鄙作因摘紀行諸什首書粤中舊
句蓋不忘所自也詩固未工亦可徵閱歷之
遠耳嘉慶己未長至前五日雪窗燈下書

按先生嘗爲令於粤被劾謫戍此册諸詩多記其事於其出處大端已可藉見梗概而語意温柔敦厚尤爲得體後昆之賢有由來也

烏程沈子敦垚落帆樓集嘉興劉氏新刻記湯侍郎告門生語云蕭山湯侍郎金釗以理學名海内震澤張生洲侍郎主江南鄉試所取士也爲人守正不阿依侍郎于京邸會試不第侍郎謂之曰君不能隨時外人皆與君不合卽有授經之席我亦不薦夫以君之不合時宜將安所容身哉惟我愛才能容君耳君可留教我子未幾又謂之曰我兒本習舉業自君入我門頗看理學書少年人當絶矣夫理學之説可以爲名而不可行也君不知變通亦已自誤以教我兒又將誤我兒矣我留君課兒爲舉業不爲理學君宜體此意歸安陳洪謨聞之曰侍郎此言非天下之福吁孰意今

日士風不樸其風氣兆端已遠可慨嘆已
舊學盦筆記評清代文余頗以爲知言擴而
充之古今之文皆可具此眼以觀更可因其
文而有以知其人也其評云嘗論國朝古文
家眞有古文之才者只侯雪苑一人而已惜
學識不足以此不能追步八家魏叔子有古
文之識而無學才亦不足汪苕文學識兼優
才弱姜西溟才學識具有之而俱弱朱錫鬯

有學而無才識王于一似有才而太無學識
亦不足方靈皋學識俱臻絕頂而無才劉才
甫有才而不純識勝於學姚姬傳與靈皋略
同朱梅崖才學可觀識不足故有僞體張皋
文才學識未極其量而歿以所成就者觀之
三者似具備假以年當勝諸賢惲子居才高
而偏學深而僻識堅而左吳仲倫識最眞勝
子居而才學太遜吳柈湖識甚超而學不博

才不大故文境淸而近隘無恢奇兀傲之觀曾文正得文法於梅伯言識高才雄惜以政事妨其學不如梅之專然其合作直接韓歐獨得雄直之氣南宋以後作者皆在下風伯言識最的才亦雋學以資其爲文而已故其文無一首不精美然祇成爲文人之文而文外更無餘事張廉卿識眞才稍窘學極篤亦文外無餘事文修絜少變化吳摯甫學勝廉

卿識相似而才不逮文稍平實無傑思放見近頗學治古文手鈔諸大家集以資研索玆就其所鈔家數各爲之評詆訶前輩知不免撼樹之譏矣

論文則章實齋之文史通義論書則包愼伯之藝舟雙揖指論書誠足以揭前賢之精祕而爲後世開山也

惜抱尺牘有云弟一冬止讀宋儒書近士大

夫侈言漢學只是考證一事耳考證固不可廢然安得與宋大儒所得者並論世之君子欲以該博取名遂敢于輕蔑閩洛此當今大患是亦衣冠中之邪教也其言似激然至今日講學之道更下此多矣

去夏小病纏綿偶占二聯自挽今憶記于此以發一笑一云一氣往來還太素斯時夢覺已都空一云一瞑不視成終古似可悲也萬

眾歸休同是途庸何傷乎

今正與友人書有云鈍學書學劍一無所成百年光陰且虛度三分之一今者忽忽三十歲矣往古莫逮來茲攸邈小子不敏要亦未敢自廢也此條與上條意可互見

鄭板橋家書云讀書以過目成誦爲能最是不濟事眼中了了心下匆匆方寸無多往來應接不暇如看場中美色一眼即過與我何

與也千古過目成誦孰有如孔子者乎讀易至韋編三絕不知繙閱過幾千百徧來微言精義愈探愈出愈研愈入愈往而不知其所窮雖生知安行之聖不廢困勉下學之功也東坡讀書不用兩徧然其在翰林讀阿房宮賦至四鼓老吏苦之東坡灑然不倦豈以一過即記遂了其事乎惟虞世南張睢陽張方平平生書不再讀迄無佳文且過輒成誦又

有無所不誦之陋即如史記百三十篇中以項羽本紀爲最而項羽本紀中又以鉅鹿之戰鴻門之宴垓下之會爲最反覆誦觀可欣可泣在此數段耳若一部史記篇篇都讀字字都記豈非沒分曉的鈍漢更有小說家言各種傳奇惡曲及打油詩詞亦復寓目不忘如破爛廚櫃臭油壞醬悉貯其中其齷齪亦耐不得按讀書之法取博守約當參此論不

然古今書籍如江海之水浩浩茫茫了無涯涘悵望興嗟如之何則可也

讀書貴知言尤貴知其所以爲言是以必有資乎知人論世而得之於言外也

莊子立言至極曠放正見其憤世嫉邪以兵刑法術之徒亂人國不勝蒿目而疚心乃轉作此言聊自排遣初蓋一極幽鬱之人也

萬年少隰西草堂集甲申詩云甲申三月十九日地塴天崩日月昏皇帝大行殉社稷樞臣從逆啓城門梓宮夜泣東華省廟主朝遷西寢園身是我君雙薦士北臨躃踊喪精魂又云御極於今十七年勵精圖治邁前賢臣工鉤黨爭持祿中外營私競養奸遂使弄兵皆赤子幾番舉火達甘泉長安一夜陰風慘（一作烏頭白）萬壽臺前血未乾又冬日還里省墓云國破歸來家已殘墓門荆棘夜漫漫南山

無恙身將隱東海餘生淚未乾祖父豈知王氏臘子孫不受北朝官種瓜莫向青門去獨抱松楸守歲寒又偶書云陋巷先生家屢空閉門挑菜學傭工盜教兒子舂糧絕不與婦人巾幗同小鬼揶揄多自取長裾搖曳一何窮移書近日夷齊輩莫下西山謁太公皆讀之不禁淒然而有感也

古微堂集治篇內釋才情學問二則極警醒

而有至理其言曰人有恆言曰才情才生于情未有無情而有才者也慈母情愛赤子自有能鞫赤子之才手足情衞頭目自有能捍頭目之才無情于民物而能才濟民物自古至今未之有也小人于國于君于民皆漠然無情故其心思智力不以濟物而專以傷物是鷙禽之爪牙蠭蠆之芒刺也才乎才乎詩曰凡民有喪匍匐救之人有恆言曰學問未

有學而不資于問者也土非土不高水非水不流人非人不濟馬非馬不走絕世之資必不如專門之夙習也獨得之見必不如衆議之參同也巧者不過習者之門合四十九人之智智于堯禹豈惟自視欿然哉道固無盡臧人固無盡益也是以鹿鳴得食而相呼伐木同聲而求友

有人傳誦格言二聯讀之可以爲修省身心

之助一聯云好勝好負氣好多說話好遇事逞才都是好尋苦惱能忍能喫虧能妝糊塗能虛心受善自然能得便宜一聯云當盛怒時稍緩須臾待心氣和平省卻無邊煩惱處極難事細思原委則精神貫注自然有箇權衡

自古英雄駕馭人才之道必假乎功名自古聖賢範圍人心之道必假乎名教是故名者

實之用實者名之體實立而名起名存而實
副物無巨細各有定名相因而生相資爲需
善善惡惡人之所同好名之心人皆有之沒
世無聞君子弗尚名如不好則其所好者將
不可問矣惟好名有眞僞之別眞好名者因
名以求實僞好名者徇名而忘實眞好名者
修己而遺名僞好名者媚人而盜名故眞者
可卓然千古而僞者則徼幸一時耳

夫人接以迹者未必接以心接以心者不在
接以迹故有骨肉而胡越千載而同心者甚
矣投契之難所謂人固不易知知人亦未易
也

章實齋文史通義論古文十弊一篇與徐俟
齋居易堂集論文雜語二則可互相發明者
頗多惟徐書傳本甚少鈔錄於此論文雜語
云偶閱一敘事之文謂其語句之病有六曰

支曰複曰蕪曰贅曰諛曰習然此六字不過因一時病而發非古人曾拈此以評史傳者也今更細論之支支離也然支離亦有二種有本可直捷而故爲曲折有見理不明說事不暢而依阿牽綴不可究詰複重沓也然非如檀弓之沐浴佩玉非如史記伯夷傳之非耶非耶貫高事之泄公泄公項羽紀之軍鴻門霸上賈生傳之長沙卑溼壽不得長非如

漢書王吉傳之吉上疏諫曰吉卽上奏疏諷王曰吉上疏言得失曰龔勝傳之勝稱病不應徵勝稱病篤勝曰加以年老被病也此正史家妙境未易可幾今之所謂複者彼不自知其複而複者也彼自以爲絕不複而實複者也蕪雜也宂也荒也穢也若一望荆榛沙礫汙邪灌莽不可耙梳芸治也贅贅疣也或不知史家之斷落而謬添接脈之語或不知

其言說之既盡而更引已竭之音或忽著一故事或忽見一成語自侈其博而愈呈其陋存之則甚礙去之若本無此之謂贅也謾欺謾也誕謾也顢頇大言橫加突出既非英雄之欺人猶遜名士之妄語實不足增伊人之價而徒爲有識者所羞習習套也熟爛也若言子孫則必稱箕裘堂構若言兄弟則必曰棣蕚塤箎自有一班到處塡塞人謂如此則

篇篇可用而我謂如此則一生止可成一篇文也微乎微乎扁鵲謂人病有六不治吾謂人作文而犯此亦六不治也故不嫌絮言以示學者又一則云此文昔年不揣大劾他山之攻點竄成篇者及今復加詳閱覺通篇是病竟至不堪指摘正如癘人遍體瘡痍疻痏又如廢地觸處瓦礫荆榛因復痛加攻治芟夷今始確然成一鉅文矣惟吾明遠卽如今

所改者勿移一字重錄付梓速將昔年災木付之一炬始得耳不然則虛我一片苦心亦辜我十日之工也於此亦自喜學業長進見地筆力較之二十年前不啻徑庭直同霄壤矣獨望吾明遠之日進月新亦復相同更爲樂事因以此文之病一一拈出如左此文有三謬一曰體裁之謬人家行狀雖云件繫然實是敘傳中文須語其大者重者今逐歲挨

排直是年譜隨地標題直是遊記失其要矣故今將覼縷甲子遊歷處必痛删之所以無失其爲行狀也一曰段落之謬凡敘傳之文繁簡重輕有劃然不可淆者故每於繁瑣處必須一總題過然後再著其精神命脈處故有直說完一生而重新追敘其中一二事者如是始覺精神明了今乃從戊亥起瑣細紀遊及至都忽然中間著一段如許大文至辛

未出都又復瑣細紀遊那有此序法全無斷制全無裁翦此段落之所以不明而精神面目之所以不出也一曰行文之謬段落既失未有行文俊快者然或繁簡輕重有失其宜或頭訖呼應未能得當耳未有如此半篇之中而連著四段府君曰幾許說話者自古史傳中無此行文之法如此則散緩癡重筋不束骨絕無生氣矣其餘沓拖重複不可究詰故痛删之夫文猶人也人不能行則如尸居文不能行豈成其爲文哉此三謬者實本四病一曰稚也一曰雜也一曰蕪也一曰陋也稚則必雜雜則必蕪蕪斯陋矣何謂稚不老成也老杜句云毫髮無遺恨波瀾獨老成惟能老成故無遺恨也此文有一好字可入者必欲入之有一好句可入者必欲入之有一好事可入者必欲入之斯稚氣也而雜矣蕪

矣陋矣譬如織者錦綺布帛並重於天下若匹素之內而爲錦者入焉爲紈者入焉爲綈者入焉甚至爲絺爲綌爲褐爲罽者亦入焉見者無不唾而棄之斯爲天下之廢物矣亦猶之乎醫但知其藥味之美而必欲用之而不知此方之內必不可入此味又不知旣用彼味則必不可重用此味其必至於殺人矣以是言之究竟四病總繇於一稚也

沈祥龍樂志簃集論文隨記頗多可取擇其尤者記之　朱子謂六經盛世之文國語衰世之文國策亂世之文汪若文云昌明博大盛世之文也煩促破碎衰世之文也顛倒悖謬亂世之文也余謂就一人之文論亦有盛衰亂之別此不係乎世運而係乎心性黃山谷言作文須從治心養心中來然則心性未正其所爲之文倘亦曾南豐所謂亂道乎

言爲心聲文章亦言也言之美惡本乎心之美惡鳳凰不作鴟鴞之音麒麟不爲豺虎之吼心不同也古之君子不特大著作固自異人即偶爾涉筆亦隱然寓立身行道於其內美言無實者其能假託乎

文藝外也必盡其內文從內出歷久常新文從外來踰時即廢積宣義理自內出者也摹繪字句自外來者也自漢以來凡純儒志士之文卓然不可磨滅者惟其內之所存獨異耳

文以載道爲貴能爲載道之文必爲有道之士蓋能於人情物理知之眞言之切其品節事業亦必夐乎異人若以辭掩義務誇言語之美而與道相隔文即工亦無足觀矣

人須有眞氣鬱盤斯爲豪傑眞氣者根於性情出於學問一毫不可假託者也昌黎之文少陵之詩稼軒之詞皆眞氣所結故歷久不刊無眞氣必

無文章所謂不誠無物也　人之精氣發爲文章猶天地之精氣發爲黍稷花草然黍稷有用而花草無用文徒尙詞藻取悅耳目者花草也能闡義理有益人己者黍稷也播種黍稷是謂艮農若植花草一圃丁之賤役耳曷足貴哉　昌黎自言約六經之旨而成文子厚自述爲文皆取原於六經夫文之理與辭固當法經然言理而掇拾古人陳言撰辭而規摹古人成語豈韓柳所謂約與原哉方氏望溪論文謂理正而皆心得辭古而必己出斯眞善取六經者也　邵子謂近世詩人其詩率溺於情好夫情非能溺人人自溺之耳文亦如詩情動於中而形於言情之樂而淫者其文亦淫情之哀而傷者其文亦傷蓋言如其情也卽情如是而言欲其不如是則所言者僞而已其溺於情好之意終不可掩

故必正其情而後可以言文　劉知幾言史有才學識三長而識爲尤要能積義理於中者學也能宣情事於外者才也求義理之正而不雜採探情事之當而不妄誕者識而已矣作文有識則相題命意措詞皆有主宰而才學亦有所歸宿故曰士先器識〻文之尙法固已然徒法不能以自行葢文章千變萬化莫可終窮必先胸中該貫羣有隨所取而用之不竭然後範之以法則行所不得不行止所不得不止未嘗離法而不爲法拘故有法必歸於無定法其文乃神而化　根柢經史者文必淵茂而有本體驗身心者文必眞切而有理通達事變者文必磊落而有識古人傳世之文不於文之中得之　心則通矣入於手則窒手則合矣返於神則離此桐城姚氏引禹卿論書語也爲文亦然手熟則應

心神融則得手熟與融非可勉强也觀昌黎送高閑上人序自悟　昌黎論文曰無望其速成無誘於勢利二語乃文家之要望其速成則不暇明義理通古今但取淺易者以爲成就誘於勢利則不問文之是非但求見許於時文章之心乃富貴利達之心也此二者一如宋人揠苗一如齊人乞食自命千古者斷不如此　易言書不盡言言不盡意故文

貴渾含平淡中能該貫一切若語語求盡反多挂漏六經之文祇以一二語舉其大要而證之萬事無所不通後世文愈繁而意愈晦豈聖人不盡之旨哉　文以氣骨爲要骨貴堅凝氣貴雄直能斂氣於骨則文如山立而雲霞草木悉爲包蘊能運骨於氣則文如海湧而魚龍沙石皆同起伏顧氣骨惟出於根柢厚義理深而已　文字最重氣象聖賢立

言氣象未有不中正和平者若氣象張皇促迫其說理必不切實夫切實最難須從身心上體驗而得非臨文時所能猝辦也　作文雜一毫爲名心不得文以闡理非以爲名名心者欲心也欲勝則隨俗好徇人情毁譽之見存於中而眞理反不見矣文安能工　文章不能無故而作必因事以發其所蘊武侯不盡瘁則出師表僅後世一奏牘耳淵明不

隱居則歸去來辭僅文人一詞賦耳故文之先自有事在　文不貴悅目而貴有用桃李之姸不及禾稼錦繡之美不及布帛文之見稱於世俗者必見棄於君子文麗寡用子雲所以譏長卿也　文但言古人所已言與所不必言不若言吾心所欲言與所必當言故凡一言出非有益於己即思有益於人非警惕己之身心即思勸戒人之善惡空曲交會

之處必有名理騰躍感動心脾使覽之者悪懼迭作不敢萌邪念若徒襲陳言作空論於人己又何裨耶　文以簡切詳明正大温雅爲要簡則無冗詞切則無泛論詳則義不疏漏明則意不晦澀正大則絶邪妄猥瑣之見温雅則免暴厲鄙俗之言　文以切爲貴傳一人必曲肖其人之志趣序一書必細闡其書之意旨使之不可移易斯謂之切不切之言卽陳言也　廟堂之制金石之文氣貴閎深肅穆詞貴茂美淵懿此體當求諸兩漢東晉以下華而無實北宋以後樸而不文均不足法也特不可如明之王李高言秦漢但成贋鼎耳　古人作傳誌往往舉一二瑣碎事極意摹寫淋漓盡致令讀者動色見有關係而於人人能道之言論反略引其端卽歸含蓄如神龍見首不見尾此文家避正位趨旁

位之法也文如是始空宕而不板實　漢碑多列門生故吏於後明見聞之眞議論之公也後世惟行狀作於門生故吏如韓昌黎狀董李習之狀韓是已然必據事實書不可飾美或因服膺之深而有意掞張適以誣其人矣　昌黎平淮西碑李義山以堯典舜典清廟明堂比之陳后山亦謂序如書銘如詩然觀碑文不用詩書一語不仿詩書一字惟氣

味醞古得詩書之眞所謂師意不師辭也後人學古往往有意摹擬而其眞轉失劉知幾曰貌異而心同摹擬之上也貌同而心異摹擬之下也　論文高言秦漢論詩高言漢魏盛唐此有明王李之徒陋習也文貴渾厚莊雅遵尚體要而不緣飾其性情非拘於時代有意揣摹勦襲以爲古也不然炫色澤而乏神理茹糟粕而遺精鑿卽自詭作者程諸古

人豈能近似哉　歸熙甫見李空同于肅愍廟碑指爲文理不通夫通豈易言哉文能達其理文始通理能達諸事理始通以空同之矜尙秦漢而蒼素混質繁音亂雅其文僞而已其理妄而已知文者固不取之　昌黎言爲文辭宜略識字蓋字不識則展卷旣難分解下筆亦易疏誤顔黃門所以有世之學徒多不曉字之譏也識惟辨其音義明其訓詁

而不必定以奇字僻字入於文中令人口吻俱棘昌黎曹成王碑多奇僻字亦偶一爲之他文不如是也　黃山谷云作文字不必多每作一篇要商搉精盡檢閱不厭勤耳蓋精於商搉則析理細勤於檢閱則考事確毆公作小札必改削數四坡公引用古書必檢原文皆不苟於文者也文能不苟其學問有在文外者矣　不輕爲人作文非徒自高風節

也古人贈言不過數語後世多文所言未必出於眞情以無情之文應無情之事豈古人意哉傳曰祝史正辭蓋雖頌禱之言必有敦勉之意不然不如不作

讀畿輔叢書內明余繼登緝典故紀聞以見開國明主治世英雄其識畢竟與凡庸迥若霄壤因摘錄若干則弁坿蠡測於左

太祖克采石諸將見糧畜各欲資取而歸因令悉斷舟纜推置急流中舟皆順流東下諸將驚問故太祖曰成大事者不規小利今舉軍渡江幸而克捷當乘勝徑取太平若各取財物以歸再舉必難大事去矣於是率諸軍進取太平按貪小利必受大害凡事皆然

太祖擒陳兆先降其眾擇其驍勇者五百人置麾下五百人疑懼不自安太祖覺其意至暮悉令入衞屏舊人於外解甲酣寢眾乃相

謂曰既活我又以腹心待我何可不盡力圖報及攻安慶多先登按自古雄英未有不磊磊落落者多疑多詐終非大器

太祖諭中書省臣曰自今內外官致仕還鄉者復其家終身無所與其居鄉里惟於宗族序尊卑如家人禮於其外祖及妻家亦序尊卑若筵宴則設別席不許坐於無官者之下如與同致仕官會則序爵爵同序齒其與異

姓無官者相見不次答禮庶民則以官禮謁見敢有淩侮者論如律著爲令按太祖優禮士大夫如此之隆宜有明一代臣子死節者指不勝屈所謂君使臣以禮臣事君以忠也

國初伶人皆戴青巾洪武十二年始令伶人常服綠色巾以別士庶之服按今世伶人往往與王公分庭抗禮更有王公而效伶人者以視前朝之制何如

洪武十七年七月敕內官勿預外事凡諸司勿與內官監文移往來太祖因謂侍臣曰爲政必先謹內外之防絕黨與之私庶得朝廷清明紀綱振肅前代人君不鑒於此縱宦寺與外臣交通覘視動靜夤緣爲奸假竊威權以亂國家其爲害非細故也間有奮發欲去之者勢不得行反受其禍延及善類漢唐之事深可鑒也夫仁者治於未亂智者見於未形朕爲此舉所以戒未然耳按先人立法如此之嚴後人尙未能遵守有明宗廟社稷究亡于宦寺之手太祖此言可深長思也

御史淩漢鞫獄平恕人有德漢者遇諸途邀漢飲厚報以金漢告曰子罪當爾非我私子酒可飲而金不可受固拒之太祖廉得其事擢漢副都御史按此事淩漢處之甚當宜太祖獎之假如此事漢即酒亦拒之揆之情理

亦非中庸之道嘗見廉潔自勵者往往矯枉
過正
洪武時嚴交通外夷之禁永嘉民有買暹羅
使臣沈香等物者爲里人所訐按察官論當
棄市太祖曰永嘉乃暹羅所經之地因其經
過與之貿易此常情耳非交通外夷比也釋
之按天下事理皆當如此原情
太祖嘗與兵部尚書沈溍言興治之道當進
君子退小人溍對言君子小人猝未易識太
祖曰獨行之士不隨流俗正直之節必異庸
常譬如良玉委於汚泥其色不變君子雜於
衆人德操自異何難識也按太祖斯言簡而
明所謂相馬以輿相士以居也
國初官員到任多無馬或假借於人或乘驢
太祖諭兵部曰禮莫大於別貴賤明等威今
布政司按察司皆方面重臣府州縣官民之

師帥聞多乘驢出入甚乖治體其令官爲市馬布政司按察司二十四府減其半州縣又減府之半一馬率十戶飼之歲終則更其役按此不獨示小民以尊嚴也蓋禮隆則廉恥之心自生季世末俗惡乎知之

太祖諭羣臣曰構大厦者必資於衆工治天下者必賴於羣才然人之才有長短亦猶工師之藝有能否善攻木者不能工石善斲輪者不能爲舟若任人之際量能授官則無不可用之才矣卿等宜爲朕廣求賢才以充任使毋求備於一人可也按知人善任端在於斯

太祖謂侍臣曰凡人有善不可自矜自矜則善日消有不善不可自恕自恕則惡日滋按此乃忠厚存心寡過積善之道正所以自重也

洪武時僉都御史淩漢大理寺丞曹瑾應天府尹高守禮府丞馬克昭祭先師孔子既迎神而後入班爲御史魯德所劾太祖曰祭祀不謹固當罪然既與祭但後時耳姑識之按此亦原心之論凡加罪于人者皆當如此加察耳

國初士人因過罷黜者不得舉薦安慶府知事周昌以爲言太祖謂吏部臣曰良工琢玉不棄小玼朝廷用人必赦小過故改過遷善聖人與之棄短錄長人君務焉苟因一事之失而棄一人則天下無全人矣昌言誠是其令有司凡士人因小過罷黜謫遠方者如其才德果優並聽舉用按開國之君畢竟量宏若崇禎能喻此意則十七年中又何必易相五十人紛紛擾擾反致君子失位小人秉權終以亡國耶

刑部尚書楊靖逮一武官將鞫之門卒檢其身得大珠一顆持以獻僚屬方駭愕靖徐曰安有許大珠此僞物命搥碎之始以上聞太祖嘉歎按楊靖能持大體故太祖嘉歎此正與太祖克采石斷舟纜棄糧畜之事用意相類所謂有是君有是臣也

太祖謂侍臣曰毀譽之言不可不辨也人固有卓然自立不同於俗而得毀者亦有諂媚

狎昵同乎汚俗而得譽者夫毀者未必眞不賢而譽之者未必眞賢也第所遇有幸有不幸耳人君能知其毀者果然爲賢則誣謗之言可息而人亦不至於受抑矣知其譽者果然不肖則偏陂之私可絕而人亦不至於倖進矣問君子於小人小人未必能知君子鮮有不爲所毀問小人於小人其朋黨阿私則所譽者必多矣惟君子則處心公正然後能

得毀譽之正故取人爲難而知言爲尤難也按取人爲難知言尤難一語深可思也以耳代目其可乎哉

洪武間有道士獻道書者太祖謂侍臣曰彼所獻非存神固形之道卽鍊丹燒藥之說朕烏用此朕所用者聖賢之道所需者治術將躋天下生民於壽域豈獨一己之長生久視哉苟受其獻迂誕怪妄之士必爭來矣故斥之毋爲所惑按明太祖所見自高乎漢武梁武者萬萬大抵儒士讀書通經以致用修己以治人拯生民于胥溺濟天下于治安其所以爲壽而求長生之道者不獨一身不在一時覩道家鍊丹燒藥之術與釋氏逃空滅性之論不可同日語矣

太祖觀唐書至宦者魚朝恩恃功無憚謂侍臣曰當時坐不當使此輩掌兵政故恣肆暴

横然其時李輔國程元振及朝恩數輩勢皆極盛代宗一旦去之如孤雛腐鼠大抵小人竊柄人主苟能決意去之亦有何難但在斷不斷爾又曰漢末之時宦官雖號驕縱尚無兵權故凡所爲不過假人主之名以濁亂四海至唐世以兵柄授之馴至權勢之盛劫脅天子廢興在其掌握大抵此曹只充使令豈可使之當要路執政操權擅作威福朕深鑒前轍自左右服役之外重者不過俾傳命四方而已彼既無威福可以動人豈能爲患但遇有罪必罰無赦彼自不敢驕縱也按太祖此言固是然豈知後世傾國者仍由此輩所云人主苟能決意去之亦有何難數語眞大英雄本色誠確論也因思天下矯妻逆子及凡下而脅上者非爲之夫爲之父爲之上者眞有所畏之也有所不能制之也初不過因

愛生憐因憐而曲意任其所爲積久成習乾剛與嚴威及一切大權遂潛移而倒置迄難忍受已將莫可如何然則眞莫如何也耶曰此太祖所謂決意去之亦有何難雖然若至此時意固宜決行則宜慎否恐反以生變故履霜堅冰君子當慎其始也

太祖於奉天門見散騎舍人衣極鮮麗問製用幾何曰五百貫責之曰農夫寒耕暑耘早作夜息蠶婦繅絲緝麻縷積寸成其勞既已甚矣及登場下機公私逋索交至竟不能爲己有食惟粗糲衣惟垢敝而已今汝席父兄之庇生長膏粱紈綺之下農桑勤苦邈無聞知一衣製及五百貫此農民數口之家一歲之資也而爾費之於一衣驕奢若此豈不暴殄自今切戒之按一衣費五百貫之重值此必皮衣然近日富商大賈一皮裘須數百圓

者數見不鮮貴官豪客一裘之值動輒千金世風不樸即此可見一斑

賢者不自賢自賢者必不賢愚者多自智自智者斯爲愚不自賢而賢者歸之多自智而智者去之賢者歸之所以績著智者去之所以功虧也古訓所詔傳記所載其於興衰治亂之機鑑而察之庶乎可以知所由來矣

先秦諸子各自成家其久佚無傳之書不可得見就今世所傳人間習見之若干種讀之意指雖各不同而文筆則大致相若蓋亦風氣使然也可見古人爲文詞達而已不阿世亦不絕時不尙繁亦不貴簡意之所憶志之所趣心之所得書以識之用示承學所謂文以載道也後世號爲古文家以模擬字句相矜尙者胡不反而思諸

鬼谷子捭闔飛箝揣摩之說雖險盭峭薄公

孫龍子白馬通變堅白之辯雖佞給怪妄要皆各成專學不相爲謀正見古人著書心手相應而不相欺即以其所得於己者寫出示人毫無毀譽之念縈於中故毫無假飾之文形於外也

老子曰長生久視關尹子曰生死者一氣之聚散爾不生不死而人橫計曰生死人之厭生死超生死皆是大患列子曰未嘗生未嘗死死之與生一往一反死於是者安知不生於彼生則暫來死則暫往理無不死久生奚爲生苦死樂生營死息生行死歸莊子曰生也天行死也物化靜而與陰同德動而與陽同波其生若浮其死若休死生爲晝夜已化而生又化而死萬物一也通天下一氣耳此四子者後世稱道家者宗之顧四子之言其微旨絕難牽合未可並論只重道德輕仁義

斯爲老莊大意之所同而關尹子無物我僞逐執列子齊異同等夢覺繹其要歸則又隱然先有契於釋氏者矣（所引列莊之言牽綴而成非出一篇）

老子之道以柔弱謙下爲主故曰見小曰明莊子一書以逍遙遊篇爲冠而逍遙遊開首卽先言大盡情放誕此老莊二氏懷抱之大有出入者也列子之說離堅白合異同有曰萬物齊生齊死齊賢齊愚齊貴齊賤此莊子

之所以極有契於列子者也故莊子書內亦以稱引列子之言爲最多若莊列合觀莊子之才大於列列子之學似亦遜於莊耳

老莊重道德輕仁義之說皆是激憤語蓋老莊生當周衰之後痛彼列强競逐而疾夫世人以智巧相尚權詐相傾大僞日出爭殺不已故作此一段平淡寂漠簡靜無爲之說欲以挽救之耳非眞絕棄仁義而分道德仁義

爲兩途乃對假仁飾義違道失德者下鍼砭也本寄意耳本寓言耳豈可執其詞而害其志乎此老子所謂正言若反莊子所謂安得夫忘言之人而與之言哉關尹子曰古人之言學之多弊夫後世學老莊者其流弊歧出非老莊之道喪人乃人喪老莊之道也

老子曰光而不耀又曰禍兮福所倚福兮禍所伏孰知其極莊子曰爲善無近名爲惡無近刑緣督以爲經又曰不爲福先不爲禍始去知與故循天之理不思慮不豫謀光矣而不耀信矣而不期又曰唯庸有光皆極有深味可銘座右而於陵子先人一篇亦同此意可玩索也又金剛經云過去心不可得現在心不可得未來心不可得尤與上所引老莊數語理至爲近故佛之講空道之貴虛其大致又有相同者矣

亢倉子曰物固有似是而非似非而是先號後笑始吉終凶身可親而才不可親才可敬而身不堪敬敬甚則不親親甚則不敬親之而疎疎之而親恩甚則怨生愛多則憎至有以速爲貴有以緩爲貴有以直爲貴有以曲爲貴百事之宜其由甚微按此實爲應世接物所不可不知者也恩甚則怨生愛多則憎至卽陰符經所謂恩生於害害生於恩蓋物極必反理皆然也

漫簡上